U0078603

國家圖書館出版品預行編目資料

我的夢夢見我在夢中作夢／向陽著；
陳璐茜繪．－－初版二刷．－－臺
北市：三民，民89
面；　公分－－（兒童文學叢書．
小詩人系列）
ISBN 957-14-2348-3（精裝）

859.8　　　85003965

國際網路位址　http : // sanmin. com. tw

◎我的夢夢見我在夢中作夢◎

著作人　向　陽
繪圖者　陳璐茜
發行人　劉振強
著作財產權人　三民書局股份有限公司
臺北市復興北路三八六號
發行所　三民書局股份有限公司
地址／臺北市復興北路三八六號
郵撥／〇〇〇九九九八──五號
印刷所　三民書局股份有限公司
門市部　復北店／臺北市復興北路三八六號
重南店／臺北市重慶南路一段六十一號
初　版　中華民國八十六年四月
二　刷　中華民國八十九年五月
編　號　S85315
特　價　新臺幣貳佰捌拾元整

行政院新聞局登記證局版臺業字第〇二〇〇號

ISBN　957-14-2348-3（精裝）

兒童文學叢書
・小詩人系列・

我的夢夢見我在夢中作夢

向　陽／著
陳璐茜／繪

三民書局

詩心・童心

——出版的話

可曾想過，平日孩子最常說的話是什麼？

「媽！我今天中午要吃麥當勞哦！」「可不可以幫我買電視上廣告的那種電動玩具！」「我好想要百貨公司裡的那個洋娃娃！」

乍聽之下，好像孩子天生就是來討債的。然而，仔細想想，這些話的背後，絕不只是貪吃、好玩而已；其實每一個要求，都蘊藏著孩子心中追求的夢想——嚮往像童話故事中的公主般美麗、令人喜愛；嚮往像金剛戰神般的勇猛、無敵。

為了滿足孩子的願望，身為父母的只好竭盡所能的購買，但孩子們總是喜新厭舊，剛買的玩具，馬上又堆在架子上蒙塵了。為什麼呢？因為物質的給予終究有限，只有激發孩子源源不絕的創造力，才能使他們受用無窮。「給他一條魚，不如給他一根釣桿」，愛他，不是給他什麼，而是教他如何自己尋求！

事實上，在每個小腦袋裡，都潛藏著無垠的想像力與無窮的爆發力。大人常會被孩子們千奇百怪的問題問得啞口無言；也常會因孩子們出奇不意的想法而啞然失笑；但這種不規則的邏輯卻是他們認識這個世界的最好方式。而詩歌中活潑的語言、奔放的想像空間，應是最能貼近他們跳躍的思考頻率了！

於是，我們出版了這套童詩，邀請國內外名詩人、畫家將孩子們天馬行空的想像，熔鑄成篇篇詩句；將孩子們的瑰麗夢想，彩繪成繽紛圖畫。詩中，沒有深奧的道理，只有再平常不過的周遭事物；沒有諄諄的說教，只有充滿驚喜的體驗。因為我們相信，能體會生活，方能創造生活，而詩的語言，也該是生活的語言。

每個孩子都是天生的詩人，每顆詩心也都孕育著無數的童心。就讓這些詩句在孩子的心中埋下想像的種子，伴隨著他們的夢想一同成長吧！

寫在前面

這是我為臺灣兒童寫的第一本詩集，從十三歲踏入詩的花園開始，我曾先後寫過《銀杏的仰望》、《種籽》、《土地的歌》、《十行集》、《歲月》、《心事》、《四季》等多本詩集，其中《土地的歌》是用臺語寫出的，卻沒有一本是寫給在臺灣這塊大地上生活的青少年讀的。

其實，為青少年寫詩，一直是我心中深藏的願望，我初接觸現代詩，是在六〇年代臺灣中部閉鎖的鄉村，楊喚的詩集曾帶領國中生的我進入詩的明亮世界，在他富含童真的詩中，我方才不至困惑於當時現代詩的迷障之內，而擁有對詩的溫暖和美麗的想望。早有為臺灣兒童寫詩的念頭，卻終究不曾執筆，有兩個主要原因：一方面是兒童詩不容易寫，對我來說，世間最美麗的語言，是兒童的語言，那是個真誠的世界、新鮮的世界，也是個想像的世界；世間最不易描繪的語言，也是兒童的語言，那當中有最素樸的表現，卻又有最跳脫的思考。對於習慣成人世界語言符號的我來說，要反璞歸真，談何容易？

另一方面，是因為我的生活，從踏入社會後，就一直在忙碌追逐著社會訊息的報界服務，變動的臺灣社會，以及為這種變動服務的新聞行業，都使我無法靜下心來回到文學的夢中。從一九八六年之後至今，將近有十年之久，我新作甚少，多的是與時俱滅的時論雜文，當然更難一償為臺灣兒童寫詩的宿願。

不知幸也不幸，到了前年秋天，我工作的報社，因為經營不善出現劇烈變動，經營易主，員工抗議抵制，在那一波狂潮中，我結束了自己的新聞生涯；也幾乎是在同時，我以不惑的年紀考上政大新聞研究所博士班，重拾校園讀書歲月。人生旅途的大轉折，使我得以抽出世間雜務，再一次面對自我，久藏於心的文學火種又有復燃的跡象了。

向陽

剛好也在同時，前輩詩人葉維廉先生為三民策畫出版由現代詩人寫的童詩，蒙他不棄，指定要我參加到行列裡，我本有此心，又重返適合思考、寫作的校園，於是就答應了。這本《我的夢夢見我在夢中作夢》所收的童詩，作為我的第一本童詩集，就是在如此因緣際會下產生。

湊巧的是，在我寫作本詩集的同時，某出版公司也委託我翻譯日本當代兒童文學大家窓道雄從年輕寫到老的童詩精選集約一百首，由於他是國際「安徒生獎」得主，我粗諳日文，也答應了下來。就在我離開報界、重返校園的第一年，我一邊苦讀英文的傳播學理論、一邊翻譯日文的童詩、一邊使用中文創作這本童詩集；兩本詩集交出後，又有某兒童雜誌社邀我為他們寫臺語兒歌，並且由我自己朗誦解說，製成錄音帶，贈送給雜誌社的訂戶。如果沒有什麼波折，我在這一年內，除了這本童詩創作，還會有窓道雄的翻譯童詩集，與一本臺語童詩集，連著出版，這可說是屬於我自己的「兒童文學年」了。

在繁忙的課業和艱深的理論研讀之外，童詩，居然成為我的一種解放和休憩。這真是我在職涯中斷、人生重來的四十歲後，意想不到的收穫。也因為如此，對於這本詩集，我有著一種類似親生女兒的感覺，這本童詩集實際上也是在寫著我的回憶，來自童年的、故鄉的，來自此際的、當下的，以及來自對我的女兒、對臺灣下一代的期盼。

希望年輕的一代喜歡這本為你們寫的詩，像我在與你們一樣的小白馬的年輕歲月中，因為喜愛楊喚的詩而打開了現代詩豐饒的想像世界，並且為自己的人生開啟了映照青翠、明亮又充滿生機的心靈的窗口。

童年有夢，人生有夢，有夢就有希望！

目次

我的夢 夢見我在夢中作夢

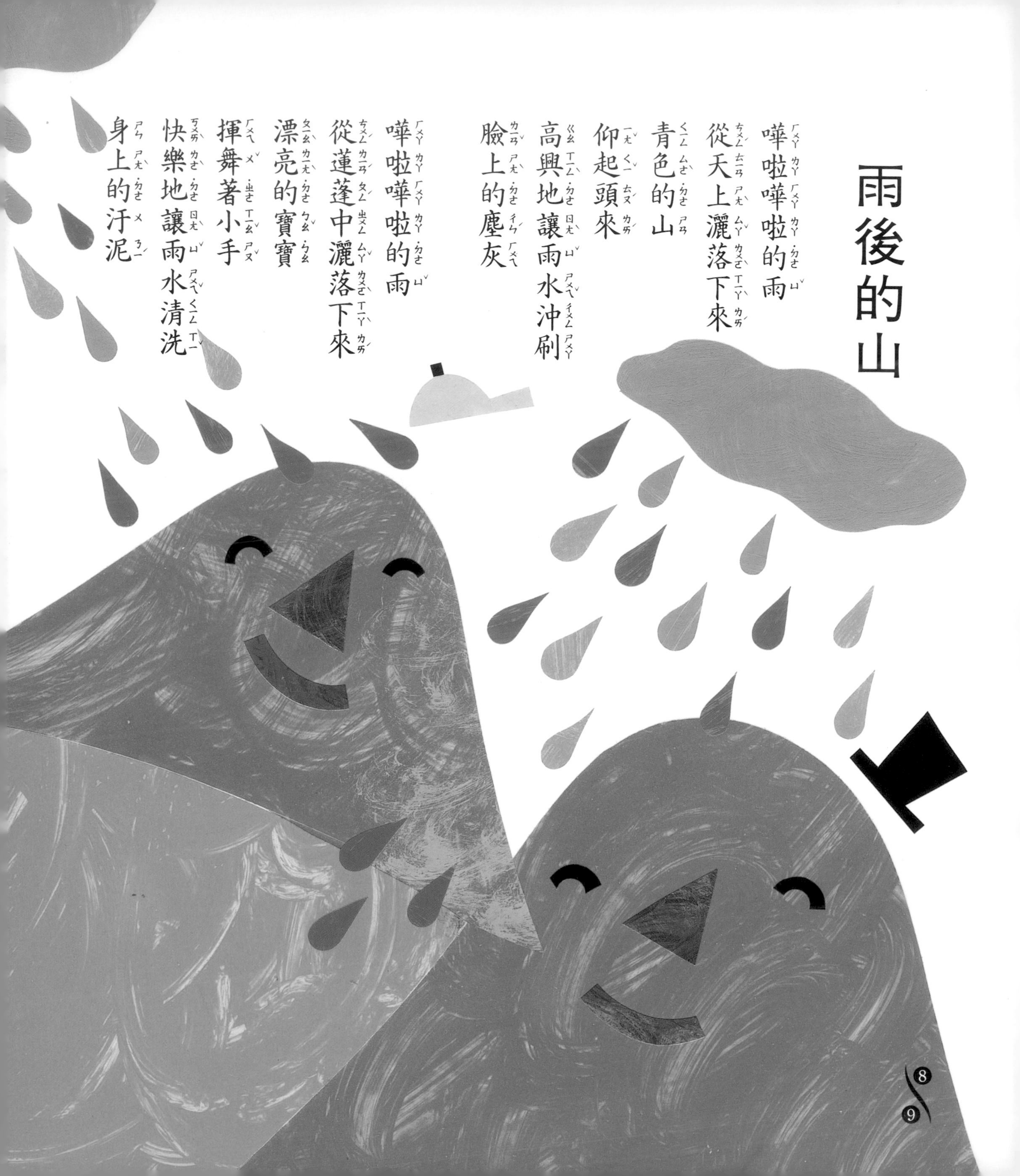

雨後的山

嘩啦嘩啦的雨
從天上灑落下來
青色的山
仰起頭來
高興地讓雨水沖刷
臉上的塵灰

嘩啦嘩啦的雨
從蓮蓬中灑落下來
漂亮的寶寶
揮舞著小手
快樂地讓雨水清洗
身上的汙泥

雨後的青山
在陽光下
迎接彩虹的來訪
剛洗完澡的寶寶
看到彩虹
眼中也亮出了光芒
剛洗完澡的寶寶，
像不像雨後的青山？
在彩虹中亮出美麗的光芒。

小河唱著歌

小河唱著歌
從山上唱到小山坡
小河唱著歌
從山坡唱到河下游

小河的歌
是哥哥的歌
有高有低　時起時落

小河的歌
是媽媽的歌
甜甜蜜蜜　優雅溫柔

小河的歌
是寶寶的歌
斷斷續續　哼哼呵呵
小河唱著歌
從山坡唱到小窗口
小河唱著歌
從窗口唱到河下游

小河的歌聲是可以聽見的。
在哥哥的歌、媽媽的歌
和寶寶的歌聲裡，
也在山坡、小窗口和
河下游中。

天上的星星

天上的星星
為什麼越來越少了
街上的霓虹
又為什麼愈來愈多

星星向霓虹說
都是你
讓我張不開眼睛來

霓虹向星星說
因為你
我才盡力放出光亮

越來越暗的星星
讓窗前的寶寶
進不了甜美的夢鄉
愈來愈亮的霓虹
讓街上的人們
找不到回家的小巷

比起天上的星星，
街上的霓虹燈顯然太多了。
越來越暗的星星，
可能使孩子們的想像減少；
愈來愈亮的霓虹燈，
則讓人們失去了更多家庭的
溫暖。不是嗎？

放風箏的日子

一條細細的線
把地上的寶寶
和晴藍的天空
聯繫起來了

一條細細的線
聯繫著天空和大地
地上的寶寶
在草原上奔跑
青翠的樹木與花草
也跟著跑動起來

一條細細的線
把爸爸的童年
和寶寶的明天
聯繫起來了
一條細細的線
聯繫著爸爸和寶寶
童年的寶寶
在歲月中奔跑
爸爸的眼睛與嘴角
也跟著牽動起來
爸爸和寶寶一起放風箏，
細細的風箏線不僅讓
地上的寶寶和晴藍的天空
聯繫起來，
也讓爸爸的童年
和寶寶的明天有了聯繫。

白鷺鷥

小時候
爸爸打赤腳上學
白鷺鷥是爸爸的朋友
有時在田埂邊
有時在牛背上
瞅著爸爸細瘦的腳
舞動著潔白的翅膀
好像是說

飛吧
你快遲到了

小時候的爸爸
不羨慕白鷺鷥有對能飛的翅膀
只希望有一雙潔白的運動鞋
可以不必打赤腳上學

白鷺鷥是爸爸的朋友
在爸爸放學經過的田埂邊
在被夕陽照得通紅的牛背上
舞動著潔白的翅膀
瞅著爸爸細瘦的腳
好像是說
趕快回家吧
用我這雙白色的鞋

寫爸爸小時候的成長、白鷺鷥與人的感情，和爸爸讀書時的生活環境，「不羨慕白鷺鷥能飛，只希望有一雙潔白的運動鞋」，希望你能體會。

寶寶忘不了

寶寶和爸媽
到日本旅行
每一座寺廟
都有著寬闊的廣場
寺廟後頭是森林
還有成群的鴿子
飛過廟門
在廣場上安心啄食

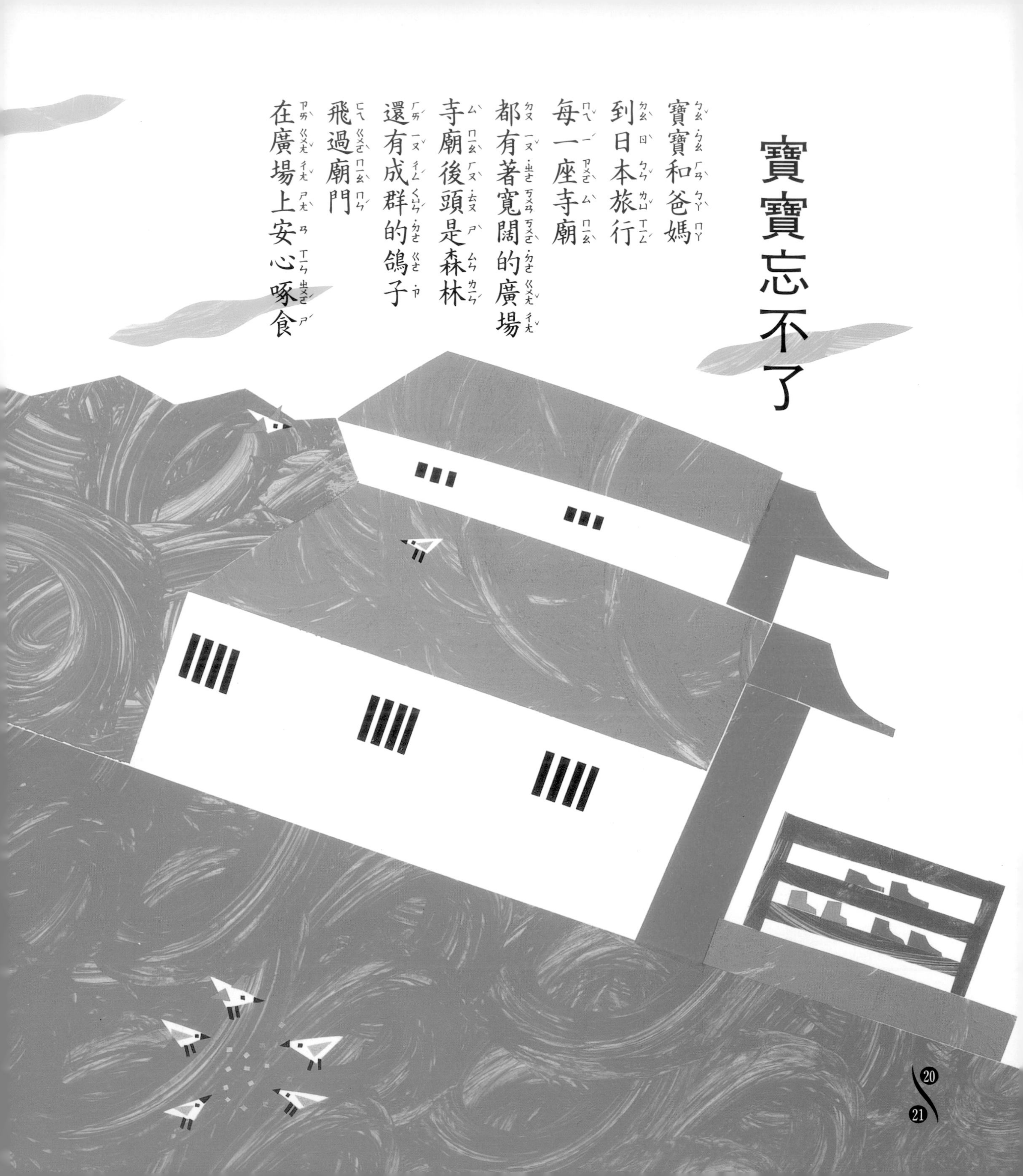

寬闊的廣場
白色的鴿子
還有寺廟後邊
墨綠的森林
寶寶忘也忘不了

寶寶和爸媽
回鄉下過年
每一座寺廟
都有著擁擠的人群
寺廟後頭是大樓
還有成群的攤販
沿著廟門
在馬路邊大聲叫賣

擁擠的人群
雜亂的小攤
還有寺廟後邊
灰黑的大樓
寶寶忘也忘不了

透過寶寶所看到的兩幅寺廟的
印象，比較臺灣和外國
在民俗文化環境上的不同心態。
廣場、森林和成群的鴿子，
比起擁擠的人群、雜亂的小攤
和灰黑的大樓，哪個比較好？

沙灘上的金魚

寶寶在沙灘上畫畫
畫一尾
再畫一尾
又畫一尾
畫了好多尾小金魚

嘩啦啦的海浪
一點也不客氣
沖過來　刷過去
把小金魚都沖走了

寶寶急得大叫
等一等　海浪叔叔
等我畫好金魚媽媽
好嗎
請你送她到海裡
讓她照顧小金魚

你有和寶寶一樣在沙灘上
畫畫的經驗嗎？
你有和寶寶一樣的心情嗎？

一條小路

一條小路走著
走過冒出春筍的竹林
走過高大挺直的臺灣杉身邊
走過打哈欠的涼亭
走過躺在石塊腳下的溪澗
走過野百合站著的山坡
走過在兩座山間拉單槓的吊橋

一條小路走著
走過阿媽和姨婆每天散步的竹林
走過阿公年輕時栽種的臺灣杉身邊
走過媽媽忍不住要喘氣的涼亭

走過叔叔童年脫褲子游泳的溪澗
走過嬸嬸喜愛的開滿野百合的山坡
走過寶寶要用兩隻手抓住的吊橋
一條小路走著
走到了
坐在爸爸肩上
可以看到濁水溪的
山頭

每一條小路都是
我們的上一代走出來的，
路雖小，卻足夠我們繼續前進。
「坐在爸爸肩上」看更遠的山頭，
路是人走出來的。

跟神木說的悄悄話

神木爺爺
爸爸說你已經三千多歲
比我剛好足足多了三百倍

神木爺爺
在深山中住這麼久
你會不會怕鬼？
在高山上站這麼久
你覺不覺得累？

神木爺爺
媽媽說你是萬樹之神
你是臺灣森林中的活寶貝

神木爺爺
在森林中待這麼久
你當過雲豹的椅子沒？
在森林裡活這麼久
你說帝雉和雲雀哪個比較美？

神木見證了
生態環境的變化，
下次看到神木爺爺時，
也跟他說些
你自己的悄悄話吧！

野薑花

蝴蝶一樣的野薑花
開在山腳下
雪白的花瓣在風中
飛呀飛呀
飛不起來的野薑花

蝴蝶一樣的野薑花
開在籬笆下
雪白的翅膀在風中
飛呀飛呀
飛不起來的野薑花

蝴蝶一樣的野薑花
開在岩石下
雪白的雙手在風中
飛呀飛呀
飛不起來的野薑花

不知你看過野薑花沒？
野薑花像蝴蝶一樣，
有著雪白的花瓣，
是飛不起來的蝴蝶；
相對的，蝴蝶就是
飛著的野薑花了。

茶

比起樹木　矮了許多
比起花草　高壯不少
樹根扎得深
葉子長得茂
站在山坡上
像個綠寶寶
不怕風來吹
不怕雨來吵
禁得起太陽照
甘願讓火煎熬
比起汽水　香氣還酷
比起咖啡　滋味更好

找一天請爸爸媽媽
帶你去茶園看茶樹，
參觀茶農製茶的過程，
再泡杯茶，感覺一下
喝茶和喝汽水、咖啡的
不同滋味。

火金姑

（臺語，即螢火蟲，又稱火金星。）

沒有電的年代
火金姑是黑夜的燈
照亮了田間小徑
照亮了屋前大埕（臺語，舊式三合院中的廣場，農忙晒穀，夏夜可乘涼。）
也照亮了孩子的眼睛

沒有月的時刻
火金姑是地上的星
閃耀著爸爸講古的笑聲
閃耀著媽媽床前的叮嚀
也閃耀著孩子的美夢

找不到火金姑
黑夜少了美麗的燈
孩子少了希望的眼睛

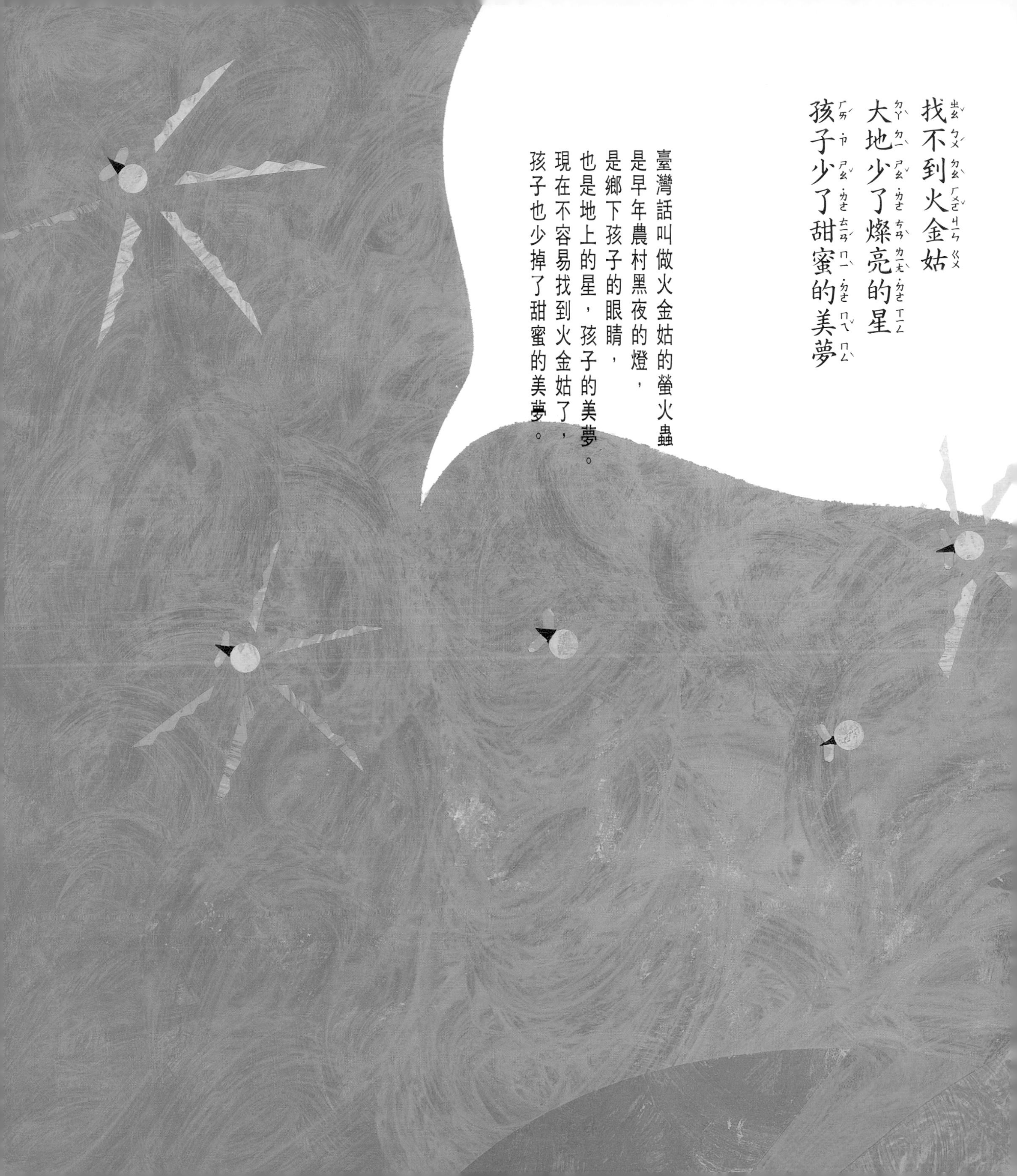

找不到火金姑
大地少了燦亮的星
孩子少了甜蜜的美夢

臺灣話叫做火金姑的螢火蟲
是早年農村黑夜的燈，
是鄉下孩子的眼睛，
也是地上的星，孩子的美夢。
現在不容易找到火金姑了，
孩子也少掉了甜蜜的美夢。

森林與白雲的對話

森林向白雲說
「別擋住我的視野
別阻擋我和大海見面的機會」

白雲向森林說
「別礙到我的去路
別阻礙我和高山相處的幸福」

森林回答白雲說
「我可沒有礙到你
我就是高山」

白雲回答森林說
「我也沒有擋住你
我就是大海」

森林是高山的象徵，
白雲有著大海的形貌。
把森林和高山
當成兩個不同的對象
是沒有必要的，
把白雲和大海加以區別
也是沒有必要的。
多一點想像，世界更美妙。

插秧

阿伯跪在田裡插秧
秧苗　秧苗
一棵一棵播下去
汗珠　汗珠
一滴一滴掉下來

翠綠的秧苗
鹹澀的汗珠
都被阿伯種到田裡了

寶寶攤開簿子寫字
橫豎　鉤撇
一筆一筆抄下來

左右　上下
一劃一劃寫下去
好多的字彙
有趣的語詞
都被寶寶寫到心裡了

種到田裡的汗珠與秧苗
會長出美麗的稻穗
寫到心裡的語詞和字彙
會結成晶瑩的智慧

看過農夫跪在田裡插秧嗎？跟你寫字是不是很像？汗珠與秧苗要種到田裡，才會長出美麗的稻穗；語詞和字彙要寫到心裡，才會結成晶瑩的智慧。

彩虹

陽光下天邊架起一道彩虹
七個顏色映現了七種趣味

紅　番茄
橙　柳丁
黃　香蕉
綠　番石榴
藍　藍草莓
靛　甘蔗
紫　葡萄

面對著七盤鮮美的水果
天空也禁不住流下口水

把彩虹的七個顏色
看成七盤鮮美的水果，
天空當然也會禁不住流下口水。
想想看，還可以有別的比喻嗎？

我的懶貓

躺在
從窗口鑽進來的
陽光照射著的
客廳角落裡
我家的懶貓
弓起柔軟的身子
打了一個長長的
哈欠
又繼續瞇著眼睛
半睡不睡地
躺著

我家的懶貓
聽到客廳的電鈴一響
會一聲不響地爬起來
靜靜地坐在大門口
一動也不動
等著大門打開
看看是誰回來

媽媽回來
牠會喵的一聲
圍著媽媽的腳
磨磨
蹭蹭

姊姊回來
牠會昂起全身
讓姊姊抱抱
喵喵
撒嬌

我回來
牠就站起來抓住我的書包
好像是說
我等你
好久了

爸爸回來
靜悄悄地
牠一溜煙就不見了身影

只看到沙發角落裡
一雙淺綠色的眼睛

然後
我家的懶貓
弓起柔軟的身子
打了一個
哈欠
瞇著眼睛
又睡著了

通過觀察，家裡的各種寵物
都有不同的感覺，
你家養不養小寵物？
牠們跟家人的感情如何？
試著寫下來吧！

地圖

同學要到我家來玩
我用心畫了一張地圖給他
按照地圖上的
路名、店名、指標
左轉、右彎、直走
叮咚・叮咚
同學很快找到我的家

爸爸去拜訪剛搬新家的叔叔
忘了跟叔叔要地圖
只抄了叔叔家的地址
路口、巷口、三叉口
停車、倒車、又開車

請問·請問
好不容易才找到叔叔的家
爸爸說
雖然少了地圖
路在人的嘴巴裡
媽媽說
要是有張地圖
路就在你眼睛裡

成語中有句話叫「按圖索驥」，
就是這首詩的意涵。
地圖讓我們找到關係位置，
不致迷路。

花開了

花開了
美麗的花
開了

梅花和櫻花
薔薇與玫瑰
野百合以及紫羅蘭
向日葵還有夜來香
一朵接著一朵
都被和暖的風
給吹開了

整個世界
流洩出
花的香味
我心中的
花
也盛開著
一朵花就是一個世界。
但願我們生活的世界
天天開花，
我們的心靈也都能
像花一樣天天燦放。

繞舌歌

兩隻土狗一起過土溝
我拉你，你拉我
一不小心失了手
一隻土狗忽然跌落了土溝
土溝外的土狗很難過
趕緊找來小鐵鉤
我鉤你，你鉤我
鉤出了掉到土溝裡的土狗
土溝外的土狗
用鐵鉤鉤出了
土溝裡的土狗

你作過什麼奇怪的夢沒？
夢是一種潛意識的表露，
每當作夢後，
不妨把夢中的夢寫下來，
看看你在你的夢中
夢到了什麼？

寫詩的人

向陽，出生於臺灣中部的鹿谷鄉，他有個很奇特的本名：「林淇瀁」，據說是他爸爸認為他缺「水」取的，這使他寫名字的時候，總要比別人多花點力氣。

向陽從十三歲開始寫現代詩，寫到現在將近三十年了。他在二十一歲時用臺語寫詩，二十七歲時擔任報社副刊主編，二十九歲時因為現代詩創作得到國家文藝獎，三十歲那年應邀到美國愛荷華大學參加「國際寫作計畫」，三十二歲時成為當時全國各報最年輕的總編輯，前後在報界服務了十五年；四十歲時離開報界，進入政治大學新聞研究所博士班當「老」學生，陪他的兩個女兒看電影、到動物園玩，都買學生票。

這是向陽為臺灣兒童寫的第一本童詩集，希望能讓九到九十九歲的「孩子」們都喜歡。

畫畫的人

陳璐茜

從小就能動能靜的璐茜，靜的時候，喜歡在家裡畫畫或做玩具玩；動的時候，則領著一大群同學去鬼屋探險；當這兩種個性合併起來時，她就提著自己做的柚子燈籠，到黑漆漆的小巷子裡，尋找恐龍蛋。

除了畫畫，璐茜很喜歡編故事。小時候，她和妹妹每天都要輪流說故事給對方聽。到了中學，國文老師甚至每週撥出兩堂課，讓她說故事給大家聽。

對璐茜來說，畫畫好像遊戲，說故事則是消遣，那麼她的工作是什麼呢？她說，大概是作夢吧！

創作量豐富的她，能畫也能寫，作品曾經得過日本KFS全國童畫大賞入賞、信誼基金會兒童文學獎、中華兒童文學獎，而且舉辦過多次的個展及聯展。

救難小福星系列

1.魯波的超級生日
2.貝索的紅睡襪
3.妙莉的大逃亡
4.莫力的大災難
5.史康波的披薩
6.韓莉的感冒

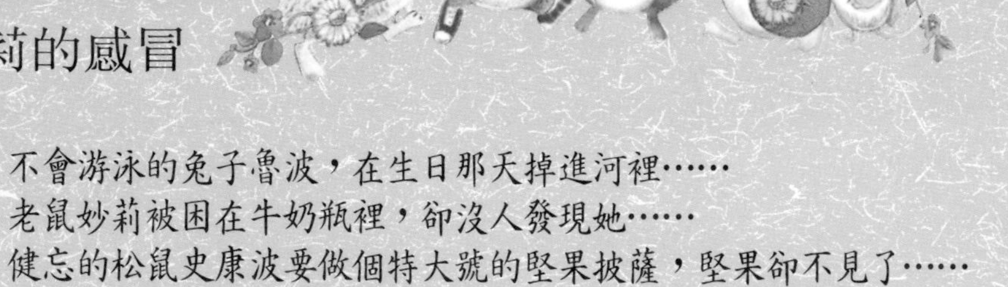

不會游泳的兔子魯波，在生日那天掉進河裡……
老鼠妙莉被困在牛奶瓶裡，卻沒人發現她……
健忘的松鼠史康波要做個特大號的堅果披薩，堅果卻不見了……
無情的災難不斷地考驗著他們，他們能否平安度過難關呢？

還有英漢對照系列，選自外文暢銷名著，
精心編譯，讓學習英文變成一種享受！

◎伍史利的大日記
◎我愛阿瑟系列
◎探索英文叢書